閱讀123

國家圖書館出版品預行編目資料

屁屁超人與充屁式救生艇／林哲璋文；
BO2圖 -- 第二版. -- 台北市：
親子天下, 2018.06
104 面； 14.8x21公分. --（閱讀123）

ISBN 978-957-9095-77-8（平裝）
859.6 107007071

閱讀 123 系列 —— 034

屁屁超人與充屁式救生艇

作　　者｜林哲璋
繪　　者｜B O 2

責任編輯｜黃雅妮
特約編輯｜蔡珮瑤
特約美術編輯｜蕭雅慧
行銷企劃｜王予農、林思妤

天下雜誌群創辦人｜殷允芃
董事長兼執行長｜何琦瑜
媒體暨產品事業群
總經理｜游玉雪
副總經理｜林彥傑
總編輯｜林欣靜
資深主編｜蔡忠琦
版權主任｜何晨瑋、黃微真

出版者｜親子天下股份有限公司
地址｜台北市 104 建國北路一段 96 號 4 樓
電話｜（02）2509-2800　傳真｜（02）2509-2462
網址｜ www.parenting.com.tw
讀者服務專線｜（02）2662-0332　週一～週五：09:00~17:30
讀者服務傳真｜（02）2662-6048
客服信箱｜ parenting@cw.com.tw
法律顧問｜台英國際商務法律事務所．羅明通律師
製版印刷｜中原造像股份有限公司
總經銷｜大和圖書有限公司　電話：（02）8990-2588

出版日期｜ 2012 年 1 月第一版第一次印行
2023 年 6 月第二版第十五次印行
定　　價｜ 260 元
書　　號｜ BKKCD110P
I S B N　｜ 978-957-9095-77-8（平裝）

訂購服務
親子天下 Shopping ｜ shopping.parenting.com.tw
海外．大量訂購｜ parenting@cw.com.tw
書香花園｜台北市建國北路二段 6 巷 11 號　電話（02）2506-1635
劃撥帳號｜ 50331356 親子天下股份有限公司

屁屁超人與充屁式救生艇

文　林哲瑋　圖　BO2

小心！千萬不能
戳破充屁式救生艇！
否則大家的鼻子就
要倒大楣了……

目錄

人物介紹

屁屁超人

從小愛吃神奇番薯，加上苦練放屁技巧的結果，讓他放出能夠飛行的「超人屁」，時常利用屁屁超能力幫助老師和同學。

哈欠俠

神祕班的班長，能打出巨大且神奇的哈欠，就像巨無霸吸塵器，能一口氣吸走所有的東西。

神祕校長

神祕小學的校長，喜歡偷學小朋友的超能力，他學了超能力後，不去幫助別人，反而時常用來做壞事，所以下場總是慘兮兮。

校長夫人

神祕校長的太太，也是全宇宙中最令校長害怕的人。

偷笑客老師

神祕班的新導師，他有一條「裝笑圍巾」，能偷走別人的「笑」。

發笑客師母

偷笑客老師的妻子，她有一個「發笑布袋」，可以四處發放「笑」。

直升機神犬

神祕小學的校犬，也是屁屁超人的好助手，有一條轉不停的螺旋槳尾巴，能像直升機一樣飛上天空。由於屁屁超人天天餵牠吃神奇番薯，所以牠也能放出沖天「狗臭屁」。

人物介紹

淚人兒

新轉到神祕班的超能力小學生。她的眼淚非常厲害，常讓學校泡在水裡。

冷笑話專家

他的冷笑話具有神奇又酷斃的結冰超能力。

無敵千金

力大無窮、不動如山的超能力女孩。

金寶貝

他有兩隻神奇手機，能召喚出神祕的超能力助手。

平凡人科學小組

一群沒有超能力，卻有十足創造力的小朋友。他們努力學習，充實自己，利用豐富的知識發明新玩意兒，送給屁屁超人做公益。飛天馬桶、神奇馬桶吸和充屁式救生艇都是他們發明的，目前正在申請專利。

超能力師生

騎驢老師、怪女孩、模仿王、可愛公主、好話騎士……個個神奇又神祕，他們的事蹟可參考前三集：《屁屁超人》、《屁屁超人與飛天馬桶》和《屁屁超人與直升機神犬》。

神祕班

神祕校長為了方便偷學小朋友的超能力，把所有超能力小朋友集中編在這個班級。

前情提要

神祕班來了新導師「偷笑客老師」，專門偷走小朋友的笑。後來，他在屁屁超人和發笑客師母的鼓勵下，改邪歸正，變成了能為小朋友帶來歡笑的好老師，而且還策劃了「笑呵呵盃」籃球賽來做公益。神祕班的超能力小朋友們雖然最後輸掉了比賽，卻贏得了掌聲、引爆了笑聲、製造了歡樂。

屁屁超人神奇的超人屁，常常破壞神祕校長的詭計。想不到，邪惡的神祕校長竟然漸漸對超人屁產生了免疫力……幸好，神祕校狗「直升機神犬」最後跳了出來，阻止了神祕校長的報復。

這學期，屁屁超人和他的超能力同學們，面對「喜歡偷學超能力、熱愛胡搞做壞事」的神祕校長，又該如何接招呢？

淚人兒同學

屁屁超人過完了神祕的暑假，期待著開學。

他就讀的神祕小學「神祕班」，在神祕的新學期，多了好幾位神祕的新成員。

原來，屁屁超人和同學「為民服務」的英勇事蹟，傳遍了神祕小鎮；再加上班導師「偷笑客老師」戒掉了偷走學生笑容的壞毛病，使得神祕班變得非常熱門——家長都想讓自己的小朋友加入神祕班。

「我以前像獵人一樣，專門凶巴巴的偷走學生笑容，每偷走一個笑容，學生臉上的笑就減少一個……」偷笑客老師自我反省說：「後來的我，像種植『笑』的農夫——

說笑、搞笑、開玩笑，靠自己努力培養、創造出學生的大笑、歡笑、哈哈笑。笑容根本不必偷，光採收就採收不完，而且愈採愈多，根本不必怕笑容會缺貨……」

偷笑客老師這套讓學生在快樂中學習、在笑聲中成長的「寓教於樂教學法」，影響了家長的思想。大家不再只注重考卷上的成績，反而希望找出孩子異於常人的超能力。

首先轉學進入神祕班的，是一位女同學「淚人兒」。她的爸媽向偷笑客老師介紹女兒的超能力：

淚人兒一出生就愛哭，每次發出哭聲，爸媽總會跑來安慰她、哄她。有一次，爸媽太累，睡得太熟，沒聽到哭聲。隔天早上起床一看，嬰兒床簡直成了浴缸，淚人兒就像在泡淚水澡……

最令人印象深刻的是：有一個颱風夜，家裡停電，爸媽卻都不在家。淚人兒嚇得一直哭、一直哭……原本他們社區從來不淹水，那次颱風，水卻淹到兩層樓高。有很大一部分是淚人兒的眼淚造成。

從那一天起，她就有了「淚人兒」的外號……淚人兒的爸媽因為這個女兒，一直過著「水上人家」的生活。

淚人兒後來無論進入幼兒園或小學就讀，總會把校園淹成「水上樂園」。只是，園區內的人們都不怎麼快樂！

爸媽見淚人兒「哭功」厲害，又聽說神祕小學的神祕校長專門招收神祕的超能力小朋友，希望把神祕小學變成「超能力特色學校」。因此，才決定幫淚人兒申請轉學，來到神祕班。

淚人兒的爸媽擔心女兒的淚水會造成大家的困擾，擔任空服員和飛機駕駛員的他們，捐了許多套自動充氣的救生衣給大家，以防萬一淚水成災時，可以用來逃生。

偷笑客老師請淚人兒的爸媽放心，他會努力讓淚人兒天天充滿歡笑、時時綻放笑容，盡量不讓她有機會哭泣。

屁屁超人和同學見識過「發笑客師母」發送笑容的功力，所以一點兒都不懷疑偷笑客老師製造歡笑的能力。只不過，偷笑客老師忘了考慮「喜歡偷學超能力的神祕校長」這個因素……

神祕校長為了偷學淚人兒的超能力，在第一節下課就把淚人兒弄哭了！不久，淚人兒的眼淚滴成了水柱，從神祕班教室裡滿溢出來，淚水流到走廊，變成了淚河流；淚河流順著階梯，形成了淚瀑布；淚瀑布下到一樓，積成了淚洪水；淚洪水灌進操場，激出了淚漩渦；淚漩渦把學校的樹啊、器材啊沖得亂七八糟……

幸好，會游泳的同學，開始用「水母漂」的姿勢自救；穿上救生衣的同學，還能漂浮在水面上，但有些不會游泳又沒分到救生衣的師生，就只能在水中一下子沉、一下子浮，不停的掙扎呼救。

屁屁超人想「起飛」去解救他們，可是，他的「超人屁」在眼淚大池塘裡，只冒出了一連串的大泡泡，根本沒辦法飛上天去救人。

幸好，屁屁超人的好幫手「神祕校犬」——直升機神犬，天生就會狗爬式，而且還有一條螺旋槳尾巴。牠就像一艘迷你救生艇，在水裡四處救人，連神祕校長都被牠救上岸。

獲救的神祕校長，一邊吐出滿肚子「學生的淚水」，一邊喃喃自語的說：「這麼厲害的超能力，我一定要學！」

冷笑話專家

校長為了偷學淚人兒的超能力，穿上救生衣、綁好游泳圈，一天到晚跑來神祕班，想盡辦法弄哭淚人兒，害得神祕小學的小學生天天都得上游泳課。

每次淚人兒一哭，同學們就得馬上換泳裝、穿救生衣，淚人兒覺得很不好意思。因此，為了讓校長不再來欺負她、弄哭她，她只好答應校長的請求。她告訴校長：「你天天想著心裡最害怕的事，自然而然就會大哭特哭了！」

只是「天不怕、地不怕、只怕太太」的神祕校長照著做，卻一滴眼淚也掉不下來。

校長沒學會「淚如雨下」的超能力，又跑來弄哭淚人兒，再次害慘了大家。

整天忙著救人的屁屁超人累到沒「屁」可放，連直升機神犬的螺旋槳尾巴都轉到抽筋。

神祕班另一位新來的超能力同學「冷笑話專家」看不下去，挺身而出，對著淚人兒說了一個冷笑話：「淚人兒同學，你知道為什麼海水是鹹的嗎？」

淚人兒邊哭邊搖頭。

冷笑話專家一臉正經的說：「那是因為海裡的魚、蝦跟你一樣愛掉眼淚，也是愛哭鬼！」

所有聽到這個冷笑話的同學都覺得好冷。尤其是淚人兒，她感覺整個人像被推入了冰箱冷凍庫，呵，不，是被丟到了北極！

才一下子，淚人兒的眼淚全結成了冰，校園裡的「淚水湖」變成了超級大冰塊。

「哇！冷笑話專家好厲害！」穿著救生衣、做著水母漂的同學，現在不怕沉下去了，因為他們的身體一半卡在冰塊裡，一半留在空氣中。

雖然，冷笑話專家是好意，不想讓大家沉下去，可是，被冰在冰塊裡，也不是好受的事呀！

3+2=
6×3=

幸好，校長又不斷的把淚人兒弄哭，淚人兒的淚水有如山洪暴發一般，又熱又燙的眼淚，一下子就融化了冷笑話專家製造出來的大冰塊。

淚人兒實在不願意繼續造成同學的困擾，為了讓校長不再來找麻煩，她告訴校長，每次她受處罰時，都會傷心大哭，要神祕校長不妨試一試。

「我明白了！」校長信心十足的說：「我多做一些讓校長夫人生氣的事，她就會處罰我！」

於是，校長暫時饒了淚人兒，滿心期待的趕回家。

連續好幾天，神祕小學的小學生遇見校長，總會發現他身上左貼一片藥膏，右綁一條繃帶。屁屁超人和同學好奇的上前關心：

「校長，您怎麼了？」

「我為了練好淚人兒的神奇哭功，天天惹校長夫人生氣，免不了被罵、被打、被扁、被踢……總之就是被狠狠的處罰。我痛得哀哀叫、哭得哇哇叫，就是練不成大哭特哭的超能力。」

淚人兒有點兒同情校長，也覺得校長愛學習的精神很棒，肯吃苦的態度不錯。所以，她決定不等校長來弄哭她，主動向他透露如何將「哭功」發揮到最高境界的祕密：「校長，自己做錯事受罰，流下的眼淚不會太

多。如果，您沒做錯事，卻反而被人誤會，遭到處罰，
這種充滿委屈的眼淚，哭起來特別有力！」

「被誤會？委屈？」校長皺著眉頭說：「平時我常做罪有應得的壞事，專做人人喊打的行為，被處罰活該，被討厭應該，很少有被冤枉的機會呀！」

「校長，我有辦法！」在一旁看熱鬧的冷笑話專家走上前去，在校長的耳朵旁邊，說了幾句悄悄話。

只見校長抓了抓頭說：

「這樣行得通嗎？」

「絕對沒問題，一定會有效！」冷笑話專家拍胸脯保證。

於是，校長便興高采烈的進校長室打電話去了……

恐怖的校長夫人

校長打完電話，才過不到三十秒，就聽到轟隆隆的汽車引擎聲。一輛汽車撞壞校門，衝入校園，開進了校長室。

學生的尖叫聲尚未停止，淚人兒的眼淚還來不及掉下來，車子裡走出來的「校長夫人」已經衝進校長室，掐住校長的耳朵，把校長拖到了走廊上。

「你竟敢在外面交女朋友……」校長夫人氣呼呼的扭轉著校長紅通通的耳朵。

「冤枉啊！」校長下跪求饒：「親愛的太太，我就算吃了熊心豹子膽，也不敢這麼做哪！」

「還狡辯！你剛剛不是打電話向我炫耀，說你認識很多『小三』？」校長夫人掐耳朵的手加倍用力，連青筋都暴了出來。她咬牙切齒的說：「你認識一個『小三』就死定了，還敢認識很多個……你真是活得不耐煩啦！」

此刻對校長而言，生死就在一線之間。但神祕班的學生卻在這時候拍手慶賀：「校長，您練成了！您終於練成了！」

原來，在校長夫人的折磨之下，校長的眼淚和淚人兒一樣，以瀑布的姿態流了出來。接著就像水庫洩洪一般，把大家都捲進了又鹹又熱的淚水漩渦裡……

「救命啊！」全校師生都很熟練的穿起救生衣和游泳圈，但今天突然闖入校園的校長夫人卻沒有這項裝備。她在水中浮浮沉沉。幸好，她扭著校長耳朵的手，一直沒有放開。

不過，校長的救生衣也沒辦法負擔兩人的重量，眼看就快要沉入水底……屁屁超人趕緊請冷笑話專家再度施展

他的「有夠冷」神功。

「沒問題！包在我身上！」

冷笑話專家在水裡游著仰式，輕鬆自在的說：「你們想不想知道，剛剛我施展什麼妙計，幫校長練成了『愛哭鬼神功』？」

「想！快說！快說！」

大家異口同聲，都想知道其中的奧妙。

「我教校長打電話回家，向校長夫人自首，說他認識很多『小三』！」冷笑話專家挑著眉頭，十分得意的說。

「『小三』？你是說『女朋友』？難道……不會吧。校長那麼怕老婆，怎麼可能在外面交女朋友？」淚人兒覺得奇怪：「你是小朋友，就算是為了幫校長練成超能力，也不可以教大人說謊啊！」

「我沒有教校長說謊！」冷笑話專家笑著說：

「校長的確認識很多『小學三年級』的『小三』學生，這是事實——不只『小三』，校長還認識不少小一、小二、小四到小六的學生呢！」

冷笑話專家話才剛說完，同學們就感覺到一陣陣涼意，接著周遭的淚水就慢慢凝結成了冰塊。

校長夫人因為身體發冷，扭耳朵的手，掐得更緊。耳朵愈來愈痛的校長，熱呼呼的眼淚依然流個不停。

原本被冷笑話冰凍、離地有三層樓高的小朋友，隨著淚水冰塊的融解，開始以極慢的速度，緩緩的降到地面。這樣一來，既沒有造成校內師生受傷，校外的房屋和商店也躲過「被校長眼淚淹沒」的危機。

最後，誤會解決了。校長夫人滿臉不高興的開車回家，臨走前，她告訴校長，今天身上這套衣服被淚水浸壞了，他得買十件貴得要命的名牌服裝賠償她。校長不敢說「不」，而且因為學會了「愛哭鬼神功」，心裡十分高興，於是他滿口答應！

「難怪校長這麼喜歡使用暴力，有時候，校長還滿值得同情的……」屁屁超人有感而發：「看校長夫人這麼凶，就知道校長的家庭教育出了問題。如果在家庭裡時常受到暴力對待，到了學校就會有樣學樣，出現暴力傾向。不知道輔導室會不會找機會輔導校長？」

看見校長可憐的樣子，學生們在心裡做了決定：「將來如果像校長夫人一樣當了『家長』，絕不對家人使用暴力！」

費盡千辛萬苦，校長終於學會了「愛哭鬼神功」。雖然大家擔心他會用來對付神祕班的小朋友，但是，也有老師十分樂觀的說：「至少水庫缺水時，我們學校不必擔心游泳池沒水了……」

無敵
千金

學期初，神祕班除了淚人兒和冷笑話專家，還轉進來一位神祕小超人叫「無敵千金」。

大家稱呼她「千金」，並不是因為她是大富豪或有錢人家的女兒，而是因為她的父親經營國術館，並且擅長一種名為「千斤墜」的功夫。她從小耳濡目染，跟著爸爸練功，也學會了這套功夫；甚至「青出於藍更勝於藍」，功夫練得比父親還棒，因此，大家就用「千斤」小姐來稱呼她。又有人覺得「千斤」兩個字太不秀氣了，不像女孩子的外號，於是就改成同音的「千金」。加上她父親的千斤墜功夫已經是世界冠軍，她身為女兒卻比爸爸還強，所以大家就在「千金」前頭又加了「無敵」兩個字。

「請問，『千斤墜』是什麼樣的功夫呀！」屁屁超人好奇舉手發問。

「這項絕招能將力氣變大好幾倍，抓住比自己體重重好幾十倍的物品……」無敵千金擺出蹲馬步的姿勢回答屁屁超人。

「大家說你比你爸爸還厲害，才叫你『無敵千金』。可是，他們怎麼能確定你比你爸爸厲害呢？難道你們決鬥過？」屁屁超人提出了大家共同的疑問。

「有一天，」無敵千金臉上充滿自信，十分得意的為同學說明：「我和爸爸去逛百貨公司，我想要一個娃娃，爸爸不肯買給我。我生氣耍賴就往地上坐，娃娃放腿上，兩手抱住爸爸的腳，說什麼也不肯起來……我爸爸雖然是大人，還使出了十成功力的中國功夫，卻怎麼甩也甩不掉我，甚至找來了機器怪手幫忙，我依然是動也不動。從那時候起，大家才發現我的『千斤墜』功夫比爸爸強多啦！」

「原來如此！」明白了原因，大家也就另眼相看，接受了這響亮亮的外號。

不過，同學們還是有點兒好奇：無敵千金「動也不動」、「不動如山」的功夫到底有多厲害？

「我們選出了代表，」班長哈欠俠代替大家向無敵千金下戰帖：「請你跟屁屁超人比比看誰的力氣大！」

「為什麼是我呀！」屁屁超人覺得很無辜，他一點兒都不想跟同學比賽超能力，他覺得：「應付神祕校長，已經夠煩的了，何必還自找麻煩呢！」

但是班長哈欠俠又使出「投票表決」這一招——全班一致通過推派屁屁超人代表決鬥。

無敵千金二話不說，一屁股坐在地上，一把抱住屁屁超人的小腿。屁屁超人沒辦法，只能順應大家的要求，擺好姿勢，微微蹲下，屁股翹起，眉一皺，腮一鼓，順勢發出「超人屁」。

只見屁屁超人兩隻手和一隻腳已經在半空中，唯獨被無敵千金緊緊抓住的那條腿，卻一動也不能動。因為力量不平均，屁屁超人的屁股就不規則的朝向教室各個角落發射超人屁，弄得整間教室烏煙瘴氣——講臺上、講臺下全都是屁。

老師和學生紛紛摀鼻、憋氣，奪門逃出去……但屁屁超人的腳被無敵千金鎖住，沒辦法飛行，只能在原地吸自己的屁；而無敵千金「動也不動」的千斤墜功夫雖然厲害，卻因為沒戴口罩而被「超級臭的超人屁」臭暈過去。

令人驚訝的是，昏倒的無敵千金仍然不放手，死命抓住屁屁超人的小腿不放，功力實在超強。

大家見識了無敵千金「不動如山」的神力，全都佩服不已。最重要的是，大家知錯能改，發誓絕對不再讓屁屁超人在教室裡示範超人屁！

被自己的「屁」熏得十分無奈的屁屁超人領悟到：「使用超能力，一定要仔細考慮；否則，不必等到神祕校長來整你，自己就會讓自己陷入悲慘的境地……」

金寶貝的怪獸爸爸

這學期過了一半，校長又把一位小朋友安排到神祕班。這位小朋友外號叫「金寶貝」，他的爸爸是新上任的家長會長。

「我們班新來的同學，有的很會哭，有的很會說冷笑話……」班上同學舉手發問：「請問你有什麼樣的超能力？」

校長見師生都有點好奇，就請新同學自己上臺示範一下。

金寶貝同學做了做鬼臉說：「我自己沒有什麼超能力啦，但是我有一隻黃金手機，這是我爸爸送我的。」

金寶貝一邊說，一邊按了手機的快速鍵。接通後，他對著手機說：「爸爸，學校裡有人欺負我！」

掛了電話後，金寶貝口中數著：「一、二、三……」

金

還沒數到十，一隻長得像噴火龍的怪獸就破窗而入，露出巨大獠牙，張開血盆大口，站到金寶貝的身旁，不斷的咆哮吼叫：「誰？誰敢欺負我兒子？轟！寶貝，是誰欺負你？」金寶貝抓了抓頭，想了想：「嗯！今天就算是校長欺負我好了……」

校長一聽他這麼說，馬上拔腿就跑。噴火龍怪獸立刻追了上去，對著校長的屁股一直咬。

偷笑客老師和神祕班同學全被嚇得半死。

好不容易回過神來，偷笑客老師覺得對金寶貝同學有「深入加以了解，適時給予輔導」的必要，就進一步問金寶貝：「同學，你的超能力好特別，這黃金手機到底具備了什麼樣的高科技，竟能將爸爸變成一隻怪獸噴火龍？」

「手機並沒有什麼特別的地方……」金寶貝晃了晃他的金手機說：「我爸爸希望我隨時能聯絡上他，因此，在我很小的時候就送了一隻手機給我。又因為我出生的時候，親戚送了很多黃金，於是就用黃金打造它的外殼。」

「既然它只是包著黃金外殼的一般手機，為什麼你能將爸爸變成怪獸？」屁屁超人覺得這種超能力真是不可思議。

「怪獸爸爸是被我訓練出來的……」金寶貝得意洋洋的說：「我從小遇到事情，就立刻打電話叫爸爸出面幫我解決。記得有一次，我在街上遇到了一隻流浪狗，雖然牠沒對我凶，但我還是很害怕，便打電話叫爸爸來。爸爸不但來了，還聯

絡了捕狗大隊，可是捕狗大隊需要一段時間才能趕到，爸爸乾脆自己動手，幫我把流浪狗趕跑。

還有一次，鄰居養的寵物大蟒蛇溜到街上，擋住了我的去路，我也打手機叫爸爸來。最刺激的一次是動物園的大鱷魚逃了出來，差點咬傷我，爸爸接到手機後，立刻趕來，親手制伏了牠。我覺得不管是動物園的毒蛇猛獸，還是做壞事的歹徒綁匪，任何難題，只要一通電話，全都可以交給我爸爸！」

「原來，怪獸超能力是可以培養的呀……也只有願意為孩子做任何犧牲的父母，才能培養出這種超能力吧！」偷笑客老師嘆了一口氣，對金寶貝說：「當你的怪獸爸爸一定很辛苦，將來你可要好好的孝順他呀！」

金寶貝的
直升機媽媽

金寶貝「召喚怪獸」的超能力雖然偶爾會造成學校的困擾，不過，對學生而言，有時候，這種超能力還頗受歡迎。

「金寶貝同學，最近考試太多了，可不可以請你的怪獸爸爸幫忙，叫學校少考一點啦！」同學有時會這樣要求。

金寶貝欣然答應，打完手機，學校的教務處就傳來老師的尖叫聲——怪獸爸爸破牆而入，噴一把火燒光了所有的考卷。

「天氣好熱，可不可以拜託你的怪獸爸爸請我們吃冰？」

金寶貝拿出手機，撥完電話，怪獸爸爸在十秒之內就把冰淇淋店連地基一起拔起，送到神祕小學來。店員還以為發生了大地震，世界末日來臨了呢！

當然，金寶貝也會把「召喚怪獸」的超能力用在「造福人群」方面。只不過，同樣是做好事，怪獸爸爸造成的

「副作用」，遠比屁屁超人的臭屁味來得嚴重。

例如，有小朋友請金寶貝幫忙撿樹上的羽毛球。金寶貝打完手機，怪獸爸爸立刻出現，砍下了大樹，撿起了小球，還十分驕傲的說：「樹被砍了，以後球就不會卡在樹梢上！」然而，想要在樹下玩「躲貓貓」和「一二三木頭人」的小朋友卻覺得好想哭。

有小朋友不小心讓氣球飛上了天，請求金寶貝幫忙。結果，怪獸爸爸升空，一下子就追到了氣球；但令人意想不到的是，他竟然用噴火的大嘴巴去咬，等氣球回到小朋友手上，就只剩碎片了。

事實上，金寶貝超能力「最大」的副作用就是：怪獸爸爸為了讓金寶貝能夠順利進入神祕班，和校長交換了條件——他答應把「家長變怪獸」訓練方法告訴校長。

有一天，校長找來了他的兒子，兩人一齊出現在神祕班的走廊上。校長交給兒子一個擴音喇叭，命令他說出有誰欺負他。

「老爸，我已經研究所畢業，是個大人了，誰會欺負我呀！」早已成年的兒子覺得校長老爸怪怪的。

「不管啦！你隨便說一個。」為了變身成怪獸，校長不管三七二十一，就是要兒子編造一個欺負他的對象。

校長兒子抓著頭，想了好久，才拿起擴音喇叭在校長的耳邊說：「老爸，彩券行的老闆欺負我，我買了好幾次彩券，都沒中到樂透……」

校長兒子話還沒說完，校長已經「轟」的一聲，變身成了噴火龍怪獸……他沒找彩券行老闆算帳，倒是跑進了神祕班，準備找超能力小朋友挑戰。

屁屁超人挺身而出，他發射了新武器「神奇馬桶吸」。可是怪獸校長一噴火，就把神奇馬桶吸燒成焦黑的棍子。屁屁超人想使出超人屁，可是哈欠俠提醒他：「同學都在教室裡，超人屁遇火會產生大爆炸。」

怪獸校長追著神祕班的學生四處跑，屁屁超人無計可施，淚人兒竟然又在這時候哇哇大哭。不久，眼淚洪水從神祕班的教室滿了出來，流向校園。

師生掉進了淚水裡，拚命掙扎。校長因為變成了怪獸，長出了噴火龍翅膀，反而能夠飛上天，在半空中找機會攻擊超能力小朋友。

屁屁超人在水裡沒辦法起飛，直升機神犬又忙著搶救水裡的小朋友……正當大家不知道該怎麼辦時，平凡人科學小組的組長穿著救生衣，游到屁屁超人的身邊，交給他一團東西。

「這是我們小組新發明的『充氣、充屁兩用救生艇』！自從淚人兒轉進我們學校，科學小組就開始努力研發……」組長一邊展開救生艇，一邊解說：「我們改裝了超商集點送的隨身電扇，做成『屁力發電機』——

可藉由超人屁轉動風扇，產生電能供電；也可儲存濃縮超人屁，釋放屁動力變成救生艇的推進器。」

屁屁超人趕緊依照指示，用超人屁將救生艇充滿，又為「屁力發電機」充電，還拜託哈欠俠駕駛，趕去搶救同學、師長，他自己則從救生艇升空去對付怪獸校長。

飛行時，屁屁超人還聽到平凡人科學小組組長大聲叮嚀哈欠俠：「船上設計了直升機神犬的位置，萬一發電機沒電，還可以讓直升機神犬推動救生艇前進。最重要的是：要小心！千萬不能戳破船身！否則大家的鼻子就倒楣了……」

金寶貝發現怪獸超能力被校長學去作怪，心裡覺得愧疚。他拿出口袋裡的「白金手機」打給媽媽，不久，天上就出現了一位張開雙臂轉個不停，活像「人形竹蜻蜓」的婦女。她飛了下來，救起水裡的金寶貝，將他放到救生艇上。金寶貝哀求她：「媽媽，趕快救大家！」

金寶貝媽媽聽兒子的話，起飛去救其他小朋友。

金寶貝向同學解釋：「媽媽每天一大早就要帶我上學，中午不放心我吃外面，幫我送便當；下午放學接我回家，吃完飯又載我上才藝班；我又常常忘記帶上課要用的東西，媽媽還得幫我拿來。

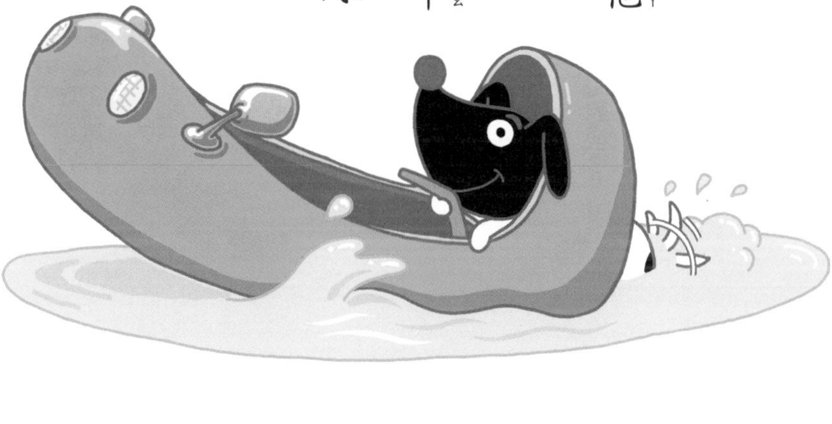

媽媽為了我一直出門、進門、出門、進門……她常說自己『忙得團團轉』……沒想到有一天，她竟然真的在原地轉起了圈圈，最後，還飛到半空中，變成了『直升機媽媽』！」

這時候大家才知道：金寶貝的「召喚」超能力，不只能訓練出怪獸爸爸，還能磨練出「直升機媽媽」。

最後的決戰

屁屁超人在學校上空和怪獸校長周旋，因為害怕火焰會點燃超人屁，一時也不敢靠太近。只能在怪獸校長的身邊繞來繞去，阻止校長去欺負水面上的同學。

爬上救生艇的「無敵千金」看不下去，呼喊著要屁屁超人背她上天：「我有辦法了，屁屁超人，背我到怪獸校長的頭上去，接下來就看我的。」

到了怪獸校長的頭上，無敵千金放手一跳，使出「無敵千斤墜」的功夫，緊抱住怪獸校長，怪獸校長承受不住巨大的重量，「咻——」一聲垂直的往下落。

「撲通！」掉進水裡，被無敵千金纏住的校長噴不出火來，又浮不出水面，正在掙扎的時候……直升機神犬潛水來救無敵千金，冷笑話專家接著用一個個迷你的冷笑話「攻擊」校長，把校長冰在冰塊裡，請他冷靜一下。

這些冷笑話是──

「淚人兒同學的臉──猜一種職業？」

答案是：「老師──『老』是『溼』溼的。」

「淚人兒同學破涕為笑──也猜一種職業？」

謎底是：「校長──『笑』容『長』出來了。」

怪獸校長作怪的危機解除了，淚人兒也不哭了。校園裡的水慢慢退去，冰塊也漸漸融化。不久，怪獸校長撐破了冰塊，又衝出來要找超能力小朋友決鬥。

金寶貝拿起金手機說：

「校長，你不要再胡來，不然我要叫我爸爸來！」

聽到怪獸爸爸要來，校長擔心自己打不過他，就站在原地說：「無論如何，我今天一定要跟神祕班小朋友分個高下。」

這時，班長哈欠俠站了出來說：「既然怪獸校長想決鬥，我們就推出一隻不怪的『獸』——直升機神犬來跟你比！不過，要比的是……『賽跑』！」

哈欠俠打的如意算盤是：直升機神犬有四隻腳，還有螺旋槳尾巴，應該會跑贏。

校長想了想，認為自己有雙怪獸大翅膀，絕對占上風，肯定輸不了，就點頭答應了。

誰知比賽一起跑，直升機神犬就使出「狗臭屁」絕招，變身成「噴射機神犬」，一瞬間就衝到了終點。才剛張開翅膀的怪獸校長，都還沒起跑，就因為吸入了大量狗臭屁，受不了而昏倒，變回了原形，送進了醫院。

直升機媽媽見了這一幕，摸了摸金寶貝的頭說：「寶貝，媽媽一直告訴你，要贏在一開始，別輸在起跑點！你看，媽媽說的有沒有道理？」

好不容易，校園恢復了寧靜。金寶貝搭乘媽媽直升機，屁屁超人駕駛飛天馬桶和直升機神犬合作，送大家回家。

飛到半路，直升機媽媽因為救災太累，雙手抽筋，突然沒辦法團團轉了，母子兩人差點墜落地面……幸虧

屁屁超人和直升機神犬一個拉住左手，一個拉住右手，扶著他們一路飛回家。

「何必一定要飛在前頭、飛贏人家……」經歷了這個意外，屁屁超人和金寶貝異口同聲的說：「和大家肩並肩、手牽手一起飛，其實也不錯呀！」

屁屁超人新書發表會

屁屁超人第四集《屁屁超人與充屁式救生艇》，終於出版了。神祕校長率領神祕小學全體師生（包括神祕校犬）一齊參加新書發表會。簽名活動開始了，讓小粉絲們排隊排最長的，竟然不是屁屁超人，而是神祕校長那一桌。

小粉絲： 校長，您的反派角色演得真好，有了您，我們才知道大人偶爾也會有調皮和凸槌的時候。

神祕校長（興奮）：哪裡！哪裡！很高興各位肯定我的演技。這次在「屁屁超人」第四集裡的演出，既要學會淚人兒的愛哭鬼神功，又得變成噴火龍怪獸……整集「水深火熱」的水裡來又火裡去，真是名副其實的「赴湯蹈火」呀！雖然辛苦又很累，但是一看到小朋友樂陶陶、喜孜孜、笑咪咪的閱讀表情，我想這一切都值得了。

小粉絲（崇拜）：校長您真棒！那麼，您學了愛哭鬼神功後，真的會為了節能減碳，使用這項超能力幫學校游泳池加水嗎？

神祕校長（點頭）：是呀！這樣可以節省不少水費唷！

小粉絲（抓頭）：可是……您是大人，又號稱「天不怕、地不怕」！您如何把自己弄哭呢？

神祕校長：這還不簡單，我已經掌握了訣竅！我請校長夫人和我一齊散步到游泳池旁，然後我告訴她哪一位女明星或哪一班的女老師很漂亮……她就會死命捏我的大腿……

小粉絲：我明白了……

神祕校長（撩起褲管）：你要不要看我的「黑青」？

小粉絲（臉上三條線）：呃……不了，謝謝！校長，您是不是跟故事裡演的一樣「很怕太太」？

神祕校長（嘆了口氣）：是呀！人生如戲，戲如人生！

小粉絲（充滿敬意，拿出卡片）：校長，麻煩您幫我簽這一些。

神祕校長（開心）：這麼多呀！想不到我這麼受你們歡迎！

小粉絲（不好意思）：不……不是啦！屁屁超人那一桌，為了公平，每人只能簽一張。不過，在我們學校，十張神祕校長的簽名，可以換一張屁屁超人的……所以，校長，就麻煩您嘍！

（校長還來不及變臉，會場的另一邊就有小朋友大喊：「大家趕快準備水母漂……」喊聲還沒結束，一波波的眼淚洪水就從淚人兒那邊淹了過來。）

神祕校長（氣急敗壞的漂著）：淚人兒同學，全校就只有我會欺負你，而我現在正忙著簽名，根本沒空理你，你到底是為什麼哭呀？

淚人兒（抱著直升機神犬，浮浮沉沉）：對不起，校長，見到這麼多粉絲，人家太高興了……我是喜極而泣啦！

閱讀123